花曇

林昭太郎句集

HANAGUMORI - Hayashi Shotaro

ふらんす堂

句集『花曇』＊目次

句集　花曇

I

2012～2013

ふらここの子を空へやる手の加減

囀の真ん中に引くプルトップ

三月来ドレッシングをよく振れば
老舗みなビルに収まり燕来る

鳥雲に遺跡といふも穴五つ

麦秋や切手の王妃ひだり向き

母の日と書く黒板の深みどり

郭公やカンバスにまづ地平線

楡の木に吊す黒板夏期講座

金魚より夕焼色の泡ひとつ

室外機並ぶアパート大西日

気働きとふ働きに汗すこし

新涼のキリトリ線に鋏の絵

鮎落ちて闇のしかかる奥秩父

縁側に茶の冷めてゐる松手入

秋晴や一人にひとつ家の鍵

抽斗のするりと開いて秋彼岸

よく弾む花野帰りのツアーバス

虫の音を小さく分けて分譲地

営みは屋根の数だけ鰯雲

巻尺のかしやんと戻り冬に入る

お手玉の中に鈴の音一葉忌

夜の雨は雪に電話は圏外に
レコードに針下りて雪降りはじむ

雪晴や割箸にある桧の香

凍星や吊して捌く深海魚

自販機に売切れランプ寒波急

短日や過敏に開く自動ドア

まばたきは瞬の黙祷冬銀河

着膨れて失せざるものに負け嫌ひ

冬麗や匙を埋めて砂糖壺

砂時計砂落ちきつて冬ざるる

鉛筆を削れば木の香雪催ひ

黒板にきのふの日付日脚伸ぶ

雲厚きままに日暮れて多喜二の忌
指置けばくもる鍵盤春の雪

まだ眠る沼くすぐつて魞を挿す

風光る沼百千の棒立てて

校庭にオルガン出され風光る

掌の中にマウスの火照る春の雪

三月や吸ふときも鳴るハーモニカ

春光と画板をのせて膝小僧

花冷やぷすんと抜ける烏賊の腸《わた》

子の息が空にいつぱい石鹸玉

水筒に小さな磁石山笑ふ

春光へしゅるんと飛んで鉋屑

鳥籠に鳥のブランコ春深し

みどりの夜ビオラ疾走チェロ追走

包帯の中の脈拍新樹の夜

蚕豆にあはき塩味われに詩

麦秋や新書をつつむパラフィン紙

きりきりと巻き絞る傘巴里祭

先生に先生のゐて星涼し

片陰の途切れて会話とぎれけり

崩るるも育つも無音雲の峰

西日さす画鋲ばかりの掲示板

夏草や引込み線にタールの香

目玉焼片目崩れて朝ぐもり

捕虫網新幹線の中を行く

星今宵チェロとチェリスト凭れ合ひ

悪友の悪友は吾ゐのこづち

問診票秋思の項は無かりけり

熟柿落つ空の青さに耐へかねて

石榴裂け空に瑕瑾の無かりけり

Ⅱ

2014〜2015

笹鳴やまだ冷めきらぬ登り窯

保育所の硝子に指紋春ちかし

桜貝濡れては色をとりもどし

囀やスプーンに冷ます離乳食

爆弾のやうなお握り風光る

朧夜の地下深きよりエレベーター

切り離す返信はがき鳥雲に

駅前は千代田区千代田燕来る

校則に適ふ短髪風ひかる

ハモニカを吸へばラの音蝶生まる

煙突に亀の湯とある暮春かな

少年の磁石たいせつ麦の秋

老鶯や宿の手摺りにタオル干し

リモコンに釦ぎつしり梅雨長し

落ちながら霧となりゆく神の瀧

干網に魚臭もどして驟雨来る

濤音の濤に遅るる夏の果

引き抜きし釘の熱さよ終戦日

星飛んでメロンは網を緻密にす

盆の川常とは違ふものの流れ

手を振りて明日会ふ別れ鰯雲

テーブルを二つつなげば小鳥来る

にぎやかに移りゆく星林檎煮る
左手はいつでも受け身林檎むく

蓮の実の飛んでサーカス次の地へ

山茶花の盛り山茶花散るさかり

ポインセチア跨いでよりの強気なり

Ⅲ
2015〜2016

美しき瓦斯の焔も雁の頃

風の無きときは陽にゆれ秋桜

既往症十を数へて水澄めり

星すでにその位置に就き冬に入る

まつすぐな煮干はなくて一茶の忌

グラタンの焦げ目が好きで冬が好き

洗剤にレモンの香り雪来るか

汝が耳にやはらかき骨雪もよひ

鯛焼のかたちに湿り紙袋

ゴム印の日付あらため初仕事

湯気立てて湯気のなか行く冬の川

パレットに春待つ指を通しけり

待春やティッシュは函に伸び上がり

図書カード百円のこり日脚伸ぶ

流氷の哭く夜星座の近々と

コピー機に本押し付ける多喜二の忌

囀や両手広げて干すシーツ

水飴の気泡うごかず花曇

朧夜を水の袋のやうに猫

亀鳴くやチェロより重きチェロケース

マヨネーズぱふんと終る春の昼

水中に日の熟れてゐる蝌蚪の紐

寝押してふこと試みる昭和の日

行く春を言葉の遅き子とをりぬ

いつまでも空明るくて豆御飯

俎板をはしる熱湯けふ立夏

葉桜を仰げば硬きシャツの襟

竹となる嬉しさに竹皮を脱ぐ

ガスの焔のしづかに青し新樹の夜

祭来る鍵一本の暮しにも

ころもがへ山青きとき海蒼く
風鈴を鳴らさぬ風と鳴らす風

塩壺の塩のつめたき大暑かな

ヘアピンがプールの底に夏終る

小鳥来る改行多き詩を読めば

月光に海は白濤もて応ふ

蜂の巣の一部屋増えて厄日来る

火の中へ火を滴らせ秋刀魚焼く

屋根石の屋根にやすらふ良夜かな

みちのくはレール伝ひに冬が来る

冬麗のここが真ん中乳母車

助手席を飛び出て狩の犬となる

綿虫や瞬時に翳る日本海

私語拾ふ校内放送冬あたたか

凩を来しか瞳の濡れてをり

極月の壁に向かひて啜る蕎麦

寒柝や今あの角であの人で

寒林を行く我が息を割つて行く

これ以上枯れぬ枯野となつてをり

百万の鉛筆うごく大試験

囀や滴らせ干すスニーカー

葉桜や常につめたき膝頭

街路樹は新樹に白線まつすぐに
胸襟も窓も全開聖五月

地平へと消ゆるハーレー麦の秋

電子音聞かぬ一日鮎の宿

火星接近トマト畑にトマト熟れ

蛇を打つ蛇の消えたる草も打つ

夜の雲となりて峰雲なほ育つ

炎昼や梅干しんと甕の中

発掘の土器に番号雲の峰

かちかちの雑巾が待つ休暇明

目薬の雫を待てば秋の風

クリップに微かな磁力鳥わたる

星飛んで高原キャベツ結球す

米櫃の米あたたかし十三夜

Ⅳ

2017〜2018

鮎落ちて星座しづかに巡りだす

漆黒は時雨待つ色能登瓦

凩や抜け落ちてゐる煮干の目

春を待つ赤き目盛の哺乳瓶

屋根石に重さ加はる朧の夜

ふと不安夜桜車窓よぎるとき

としよりにまだあるゑくぼさくらんぼ

実梅もぐ次なる梅に目をやりつ

虹消えし後を充たして街の音

噴水や風変はるとき音変はる

パイプ椅子一列足して夏期講座

白南風や常に湿りて赤子の掌

夏果ての水族館に泡の音
星今宵アリアは耳環ふるはせて

踊の輪入るも出づるも踊りつつ

何にでも名前書く母鳳仙花

木の実落つ一つは水の音立てて

育児書にあまたの付箋小鳥来る

内定を貰ひし衿の赤い羽根

青空を独り占めして木守柿

冬に入る星座を組まぬ星々も

俎板のあまたの傷を干して冬

腹案は腹案のまま山眠る

フラスコを舐むる青き焔雪もよひ

くれなゐは明日を期す色冬木の芽

幾万の冬芽のちから空支ふ

二陣来て白鳥の湖うごきだす

蒲団干す青き地球の一隅に

包丁の切れにおどろく花疲れ

花冷や象牙の箸の持ち重り

すれすれを飛ぶが歓び夏燕

甕の塩壺の砂糖も梅雨に入る

夏帽子小さき夏帽引き連れて

卵黄の箸に抗ふ朝ぐもり

炎天を来し黒髪に火の匂

まだ海に火照りの残る星祭

ルビ多き賢治の童話小鳥来る

すつぽんと茶筒の開いて菊日和

V ―― 2019～2020

ねむりへの径いく曲り虎落笛

わが息に愁ひいくばく石鹼玉

火照りたる耳持ち歩く春の雪

初蝶来ガラスで鎧ふ副都心

言の葉の孵化するを待つ朧の夜

霾や一斉に開くホームドア

販売機のみの煙草屋西日濃し

一枚の紙にも重さ八月来

手拍子のときだけ揃ひ踊の輪

かの日かく川は流れて原爆忌

稲架解くやたちまち暮るる日本海

月明の羽音は空耳かもしれぬ

小鳥来る日がいつぱいの授乳室

絵本みな厚き表紙や色鳥来

バイブルの革の匂へる黄落期
菊人形恋する視線かみ合はず

がら空きのバスに拾はる大枯野

雪来るか蛍光ペンの掠れがち

決断の革手袋は嚙んで脱ぐ

ソプラノは空の高みへ冬木の芽

野を焼いて少年の脱ぐ少年期

やはらかく象を濡らして花の雨

春愁を形にすれば阿修羅像

都庁舎の百千の窓風ひかる

少年の無口はじまる花いばら

シャンパンの泡の音さやか聖五月

真つ直ぐが佳ければ男も若竹も

オルガンのぶうかぶうかと梅雨に入る

火の酒の無色透明星涼し

匂ひにも重さのありて栗の花

屋上に神を祀りて豊の秋

海鳴りの二夜《ふたよ》となりて銀河濃し

淋しさに瀬と淵のあり鰯雲

Ⅵ

2021〜2022

木の言葉風の言葉を聴きて秋

楽聖の囲む教室小鳥来る

秋霖や声のくぐもる拡声器

眠剤の効き来るまでのつづれさせ

菊人形悲運の将は白菊で

飛ぶもののなべて光りて冬に入る

咲くといふ淋しきことを返り花

凩や砂が砂打つ九十九里

甲冑の中は空洞もがり笛

猟期来て空気鋼の張りをもつ

空の青弾き返して冬木の芽

白鳥に火の気性あり諍へる

満開といふ淋しさの冬桜

消し跡の残る黒板春の雪

しやぼん玉空の壊れてしまひけり

包丁の定位置にある春の闇

灯台の灯の海を薙ぐ花を薙ぐ

心地よき重さが辞書に夏来る

けふ立夏樹々に葉擦れの音生まれ
はつなつの胸につめたき貝釦

耳あてて大樹のこゑを聴く五月

ドアノブは掌を待つかたち若葉冷

会館の薄きスリッパ若葉冷

牛の眸に真つ赤な夕日麦の秋

十薬や我が子で絶ゆる我が血筋

行間も文字も涼しく一書くる

朱夏の音たてて強火の中華鍋

奥付の参拾五圓紙魚はしる

搾乳の牛の眸しづか朝曇

押さへねば明日へ飛びさう夏帽子

赤チンはかつて万能雲の峰

脱ぎ捨てる先入観と汗のシャツ

枕木のタールの匂ふ朝曇

峰雲の豪華なる日や忌を修す

いち日のこれが終止符水を打つ

湯上がりの爪やはらかし夜の秋

海鳴りを過ぎゆく夏の音と聴く
厄日来る翅持つものに無きものに

廃船の錆を零せる厄日過ぎ

豊年や大河ゆつたり海に入る

縄文の夜も音かくや木の実降る

遺句集にあまたの付箋菊日和

天辺は夢をみる場所木守柿

蕎麦咲いて信濃は月の大き國

山茶花は散るための花けふも散る

鉱脈の尽きて百年山眠る

鉄棒は独りくる場所冬夕焼

凍星の触れあふ音か全天に

レコードのノイズちりちり雪来るか

蜂蜜の瓶の倒立山ねむる

背にねむる命の熱し冬銀河

いつ訪ふも何か煮てゐる母の冬

海峡の荒れれば香り野水仙

風花や唇といふ熱きもの

春立つや水のはたらく発電所

グラタンに程よき焦げ目春の雪

花冷のラップの端を見失ふ

ジーパンの穴にも美学風光る

今日といふ未知のはじまる蜆汁

議案みな満場一致亀鳴けり

水面に「ぽ」と言ひ残し蝌蚪沈む

高階へ朧汲みあげエレベーター

リラ咲いて少年に来る変声期

花は葉にかの男子高共学に

けふ立夏束子の水のよく切るる

快の字の立心偏に夏来る

矢車の音を残して空暮るる

夏帽子大きく振れば対岸も

囲を張りて蜘蛛は一匹づつ孤独

昨日とは違ふ風着る更衣

麦の秋地球いささか焦げ臭し

黒板のチョークの音も梅雨に入る

けふ夏至のぴたりと決まる停車位置

四万六千日組板かわく暇なし

川幅はもう海のものの大夕焼

濤音に倦みし灯台夏の果

アイロンの蒸気豊かに夜の秋

白粥の膜にもちから今朝の秋

近頃の電球切れず終戦日

月明や百畳の間の畳の目

淋しさはいつも背《せな》より鰯雲

つぶやきをかたちにすれば吾亦紅

以上３１０句　完

あとがき

句集『花曇』は『あまねく』に続く私の第二句集です。2012年から2022年までの310句を収めました。

前句集『あまねく』のあとがきに「自分の目で校正できるうちにと上梓することにいたしました」と書きましたが、幸いなことにまだなんとか文字が読めます。これが最後のチャンスと思い上梓に踏み切りました。

タイトルの「花曇」は、高齢の私にはいささか華やか過ぎると思いますが〈水飴の気泡うごかず花曇〉によるもので、「モノに語らせ、目に見える俳句を」という私の作句信条がよく表れていると思いタイトルといたしました。

長年にわたりご指導をいただきました「沖」の能村研三主宰、森岡正作副主宰、そして句座を共にして何時も新鮮な刺激を与えてくださる「沖」の皆様に深く感謝いたします。
最後に拙句集に素晴らしいかたちを与えてくださった、装幀の和兎様に御礼申し上げます。本当にありがとうございました。

林　昭太郎

秋冷にわかなる机上にて

著者略歴

林昭太郎（はやし・しょうたろう）

1941年（昭和16年）　5月24日　千葉県生まれ
1970年（昭和45年）　東京藝術大学　美術学部卒業
1976年（昭和51年）　作句開始、「沖」入会
1979年（昭和54年）　「沖」潮鳴集同人
　　　　　　　　　　同年　作句中断
2004年（平成16年）　作句再開、「沖」再入会
2006年（平成18年）　「沖」潮鳴集同人
2012年（平成24年）　第一句集『あまねく』上梓
2013年（平成25年）　「沖」珊瑚賞　受賞
　　　　　　　　　　「沖」蒼茫集同人
2015年（平成27年）　沖俳句コンクール入選一位

俳人協会会員

現住所　〒285-0864
　　　　千葉県佐倉市稲荷台4-19-15

句集　花曇　はなぐもり

二〇二三年二月二三日　初版発行

著　者――林　昭太郎

発行人――山岡喜美子

発行所――ふらんす堂

〒182-0002 東京都調布市仙川町一―一五―三八―2F

電　話――〇三（三三二六）九〇六一　ＦＡＸ〇三（三三二六）六九一九

ホームページ http://furansudo.com/　E-mail info@furansudo.com

振　替――〇〇一七〇―一―一八四一七三

装　幀――和　兎

印　刷――日本ハイコム㈱

製　本――㈱松岳社

定　価――本体二八〇〇円＋税

ISBN978-4-7814-1531-4 C0092 ¥2800E